AF331852

L'Antiquaire,

COMÉDIE EN UN ACTE ET EN VERS,

Par **LORANS**, de Brest.

Représentée pour la première fois en Août 1835, dans un Collége du Finistère, par les Élèves de rhétorique, à la Distribution des Prix.

PRIX : 60 CENTIMES.

Au Profit des Pauvres.

A BREST,

Chez **P. ANNER** et **FILS**, Libraires, rue Royale, 54.

1835.

Imprimerie de P. ANNER et FILS.

A Monsieur le Principal:

Acceptez cette œuvre légère,
Ce travail imparfait de l'un de vos amis.
C'est peu de chose, rien ; mais il aura son prix,
S'il a le bonheur de vous plaire.

PERSONNAGES.

ROMANO.

FOLVILLE, son neveu.

VILMAN.

FRONTIN, sous le nom de SCÉVOLE.

La Scène se passe dans la chambre de ROMANO.

L'ANTIQUAIRE,

COMÉDIE EN UN ACTE ET EN VERS.

SCÈNE PREMIÈRE.

—

FOLVILLE, SCÉVOLE.

SCÉVOLE (en entrant avec FOLVILLE.)

C'est à n'y plus tenir, vous dis–je, et, dès demain
J'abandonne la place et redeviens Frontin,
Frontin pour vous servir, vous, de toute manière ;
Mais je baise les mains à l'oncle l'antiquaire.

FOLVILLE.

Un peu de patience ; allons, sois généreux,
Généreux jusqu'au bout : tu le dois, tu le peux.
Pense donc que quitter, c'est perdre la partie,
Et, de gagner l'enjeu, ma foi, j'ai bonne envie :
Je t'ai connu plus brave et je comptais vraiment
Rencontrer plus de zèle et plus d'attachement.

SCÉVOLE.

A mes travaux, monsieur, rendez plus de justice :
Pour servir vos projets je fais le sacrifice
De tout ce qui séduit un valet de bon ton ;
Je change habit, visage et jusques à mon nom,
Mon nom, comprenez-vous ?

FOLVILLE (souriant.)

        Mais, c'est encor plus drôle !

SCÉVOLE.

Oui, fort drôle pour vous ! le joli nom : Scévole ?
Et pourquoi ? pour servir un antique rêveur
Dont il faut épouser et les goûts et l'humeur.
Ici tout est ancien : modes, façons, langage,
Il faut barioler son air et son visage.
Croyez-vous qu'il soit gai, pour moi, soir et matin
D'entendre à qui mieux mieux parler grec ou latin ?

Il est vrai, je m'instruis et l'on pourra me croire
Dans mes savans récits sur telle ou telle histoire ;
Mais j'en sais trop et crains quelque bon vertigo :
Oui, monsieur, à vingt ans me voilà rococo ;
L'homme fatras, enfin, s'il en fut dans le monde,
Sentant le vieux bouquin d'une lieue à la ronde,
Donnant tout au passé : pour le présent, néant !
Un bel esprit défunt vaut-il un sot vivant ?
Tous ces exploits finis ne sont qu'une chimère.
Ils ont fait ! ils ont fait ! mais, que peuvent-ils faire ?
Vivons avec le siècle, il marche, il est actif,
Le passé, sur ma foi, rococo positif.

FOLVILLE.

Réfléchis donc, Frontin, que cette gêne extrême
Mille fois plus encor me déplait à moi-même ;
Mais si j'en crois l'espoir dont je suis agité,
Ce jour sera pour nous un jour de liberté.
Mon oncle est bon, humain avec des ridicules :
Je puis pour mon bonheur le tromper sans scrupules.
Il m'aime, je le sais ; mais je dois avant tout,
En rusant avec lui flatter toujours son goût.
Je médite un projet.....

SCÉVOLE.

    Que prétendez-vous faire ?
Il défend son enjeu votre oncle l'antiquaire !!
Aussi ferme qu'un roc par les vagues battu,
Pour l'entamer il faut un grand fonds de vertu.
Ce moyen quel est-il ? quelle est donc la mitraille
Qui doit enfin frapper cette antique muraille ?

FOLVILLE.

Frontin, il est vaincu : tu connais ce coquin
Ce juif, ce scélérat qui vient, soir et matin,
Profiter en ces lieux, sans pudeur et sans honte
D'une crédulité qui fait si bien son compte ?

SCÉVOLE.

Oui ; Vilman, qui nous vend une cruche, un bouton
Pour une urne romaine ou pour un médaillon !
Au train dont il y va, monsieur, bientôt, je gage,
Pièce à pièce il saura dévorer l'héritage.

FOLVILLE.

Eh ! bien, c'est ce coquin qu'en ce jour j'ai choisi
Pour servir malgré lui les projets que voici :

Cet arabe maudit, ce fripon passé maître
Et le plus juif des juifs que l'on ait vus peut-être
Et m'évite et me fuit, me craint plus que le feu :
Cette crainte sur lui me donne ici beau jeu !
A lui je me présente et, le fixant en face
Aux galères de Brest je lui promets sa place,
Ce que je crois facile en assignant le sieur
Devant les tribunaux comme escroc et voleur.
Et, d'un autre côté, flattant son avarice,
S'il me sert je consens à faire un sacrifice.
Le bagne l'épouvante, à l'argent il sourit
Et ne balance pas à m'offrir son crédit.

SCÉVOLE.

Belle protection ! Qu'en prétendez-vous faire ?

FOLVILLE.

Le forcer à paraître aux yeux de l'antiquaire
Tel qu'il est en effet, fourbe autant que voleur.

SCÉVOLE.

Le vieux n'en croira rien, il l'aime à la fureur.
J'ai vainement tenté de toucher cette corde,
Il m'a fermé la bouche au premier mot d'exorde.

FOLVILLE.

Mais écoute-moi donc ? sous un déguisement
Je fais venir le juif : comme il s'agit d'argent
Il ne peut refuser ; pour mieux faire la chose
De voler en commun moi-même je propose.
C'est un moyen nouveau pour lui rusé coquin
De trouver tout-à-coup et d'avoir sous la main
Un neveu qui consent à piller l'héritage,
En lui faisant surtout large part du pillage !
De tout, tu penses bien, mon oncle est prévenu ?
Il le voit, il le juge et l'homme est confondu.

SCÉVOLE.

C'est très-bien ; mais le juif, quoique faible en cervelle,
Voudra-t-il se livrer et vous la donner belle ?

FOLVILLE.

Il le voudra, te dis-je ; au seul bruit de l'argent
Il irait en enfer, qui du reste l'attend.
C'est un homme à chasser ; il faut, coûte que coûte
Nous en débarrasser, et c'est la bonne route.
Un vigoureux effort : si je puis réussir
Je saurai de ton zèle à temps me souvenir.

SCÉVOLE.

Essayons, j'y consens ; quel est donc le costume
Dont vous l'affublerez ? du bien vieux, je présume ?
Il doit être grimé d'une telle façon
Que de votre dessein il n'ait aucun soupçon.
Je ne vois trop comment ?...

FOLVILLE.

Je mûris mon affaire.....
Mais il faut avant tout le plus profond mystère.
On tousse, c'est mon oncle ; avec calme et douceur
Mettons-le, s'il se peut, d'abord de bonne humeur.

SCÈNE II.

—

Les mêmes, ROMANO.

ROMANO (d'un air pensif et très-lentement.)

Ce fut en dix-sept cent.... si j'ai bonne mémoire :
Le fait est clairement conservé dans l'histoire,
Que Newton Isaac perdit par accident
Son chien..... ce chien fidèle ayant nom..... diamant.....
C'était sur mon honneur, une superbe bête.....
Le regard vif et fier et la queue en trompette.....
Le port et noble et franc, l'air pensif et rêveur.....
Tel que doit être, enfin, le chien d'un grand penseur.....
Le fait était je crois de trop grande importance,
Pour passer de l'oubli dans le néant immense.....
A ma collection, oui, ce chien-là manquait ;
Mais Vilman a promis qu'il me le trouverait.

FOLVILLE.

Mon oncle, serviteur.....

ROMANO (idem.)

Une superbe bête.....

SCÉVOLE

Monsieur, je vous salue.....

ROMANO (idem.)

Et la queue en trompette.....

SCÉVOLE (saluant à l'antique.)

Comme jadis César saluait à la cour,
Oserai-je, monsieur, vous offrir le bonjour.

ROMANO (souriant avec dédain.)

C'est bien ; mais sans vouloir vous faire ici querelle,

La pose de César était autrement belle.
Ces beaux bras si nerveux , si forts , à demi nus
Et tels , tels , qu'aujourd'hui , certes , l'on n'en voit plus ;
Cette tête , ce front , ce nez à la romaine ,
Sont perdus , oui perdus pour la nature humaine.
La veine est épuisée et c'est pitié de voir
Comme tout , depuis lors , tend toujours à déchoir.
Ah ! monsieur mon neveu , fort à propos, je pense ,
Vous pouvez avec moi faire la différence
Entre les freluquets que , comme vous je vois,
Et ces fiers jeunes gens qu'on voyait autrefois ?
La jeunesse aujourd'hui sans tête et sans cervelle ,
Passe un temps précieux aux pieds d'une donzelle ,
Avec un maigre habit noir comme du charbon
Et tout noir le gilet , tout noir le pantalon.
On veut montrer aux yeux de son illustre dame
A la fois et le deuil et l'ennui de son âme !
Certe habile à tracer les lignes d'un cartel ,
Sans savoir dans quel temps vécut Charles Martel,
Passant gaîment vingt nuits , qu'on livre à la folie ,
Pas une à méditer sur l'ancienne Italie !
Les jeunes gens jadis , et , cent auteurs certains ,
Nous ont transmis ces faits puisés chez les romains :
Les jeunes gens jadis , instruits à bonne école
D'un modeste manteau couvraient leur noble épaule :
Le pied d'une sandale élégamment garni ,
Donnait à tout le corps un air plus aguerri.
Ils étaient chaque jour , levés avec l'aurore ,
Leurs traits mâles l'étaient chaque jour plus encore.
Endurcis dans les camps aux plus rudes travaux ,
Ils partaient des enfans , revenaient des héros !
Numa , César , Pompée et cent noms dans l'histoire
Des romains valeureux attesteront la gloire ,
Et , Catulle et Virgile , Horace et Cicéron
Ont prouvé quelle était leur éducation.
Vous me faites pitié !!!

FOLVILLE.

Mon oncle ici, sans peine
Je sais rendre justice à la grandeur romaine ;
Mais il est des lauriers nouvellement cueillis
Dont tous les cœurs français seront énorgueillis?
Il est tout près de nous un héros dont l'histoire
Remplit un siècle entier et d'honneur et de gloire :
Interrogez l'Europe elle dira son nom !
A Rome son César , à nous Napoléon.

Et Racine et Boileau, Lafontaine et Voltaire
Sont un échantillon de notre savoir-faire.

ROMANO.

Brisons là , car Esope , Horace , Anacréon ,
Réclameraient leur part dans votre échantillon.
Qui vous amène ici? vaincu par la syrène ,
Avez-vous épousé votre parisienne ?
C'est à l'oncle ici-bas d'avoir le démenti !
A d'autres ! moi je sais prendre un meilleur parti ;
Si cet hymen s'est fait , je vous ferme la porte
Qu'avec elle , mon cher , le bon Dieu vous emporte.

FOLVILLE.

Tout est changé , mon oncle , et ce premier désir
A fait place à celui bien plus doux d'obéir
A l'oncle dont les soins , dont l'aimable indulgence
Me sont trop précieux pour que rien les compense.

ROMANO.

C'est agir sagement. Or donc, faisons la paix ,
Et que de tels amours ne la troublent jamais.
Pour montrer quel plaisir j'éprouve à te voir sage ,
A ce traité de paix je prétends joindre un gage
Plus précieux que l'or.

SCÉVOLE.

        Un bon sac d'or rempli
Plaisait fort autrefois comme il plait aujourd'hui.

ROMANO (prenant une longue plume de coq sur la cheminée.)

Cette plume de coq , anglaise d'origine
Avec le roi Richard courut la Palestine ;
Au retour le vieux coq fut mangé par le roi :
J'y tiens ; mais c'est égal, mon cher , elle est à toi.
D'autant plus qu'il me reste une plume chérie
Une plume, mon cher , du moineau de Lesbie.
Oh ! j'ai bien autre chose, et par an cent louis
Sont très-peu quelquefois pour en payer le prix :
J'ai l'arme qui trancha la tête d'Olopherne ;
De Diogène j'ai la tonne et la lanterne ,
Une goutte du jus que Socrate avala ,
Des cheveux de Samson coupés par Dalila ;
J'ai des crins du cheval dompté par Alexandre ,
Et de Rome brûlée un plein panier de cendre ;
J'ai des fac-similé d'Eschile , de Platon ,
d'Homère , de Tacite , item de Cicéron :

On sait ce qui perdit Ève et le premier homme ,
Eh ! bien , j'ai les pepins de cette illustre pomme.
Voyez cette étiquette et cette autre , voyez ?
Voyez, voyez partout ; ou plutôt admirez !

SCÉVOLE.

Mais aussi votre nom qu'on répète à la ronde
A fait glorieusement vingt fois le tour du monde.

ROMANO.

Penses-tu ?

SCÉVOLE.

C'est très-sûr ; certe aucun nom romain
Jamais au grand jamais ne fit tant de chemin.
Ecrivez à Maroc, en Prusse, en Cochinchine ;
Et jusqu'en ces climats où le pole domine,
Et l'on vous répondra, noble effet de l'écho,
Que certes l'on connaît le nom de Romano.

ROMANO.

Illustre antiquité, c'est par ton doux commerce
Dans l'univers entier aujourd'hui que je perce ;
Car je perce, il est vrai ; dans le monde savant
Ce tribut général nous est dû franchement.
L'art de chercher le vieux est chose difficile,
Et le chronologiste est homme fort habile.
Approche ce fauteuil. Doucement Scévola, *(Il approche un vieux fauteuil.)*
Et respecte le siège où Socrate expira.
Tout s'use avec le temps, et quand je m'y repose *(Il s'assied.)*
Avec précaution j'étudie une pose.
Lorsque je suis assis dans ce fameux fauteuil
Je me sens animé d'un saint et noble orgueil !

FOLVILLE.

Il fléchira sous vous.

ROMANO.

Ah ! ma plus douce envie
Un jour, comme un ancien, est d'y laisser la vie.
Il serait d'un grand prix pour toi mon cher neveu ?

FOLVILLE.

Je le conserverai.

SCÉVOLE (à part.)

Pour en faire du feu.

SCÈNE III.
—

Les mêmes, VILMAN.
(Il a une longue lévite où il cache un portrait.)

SCÉVOLE.

Monsieur Vilman.

FOLVILLE (à part.)

Allons, Folville, du courage.

ROMANO.

Il arrive à propos.

FOLVILLE (lui glissant une bourse.)

Monsieur, prenez ce gage
Comme moitié du prix d'un service important
Que vous allez me rendre.   (Il sort.)

SCÉVOLE (à Vilman.)

En bas l'on vous attend.
Excusez-nous, messieurs, d'abandonner la place,
En affaire souvent un témoin embarrasse.   (Il sort.)

SCÈNE IV.
—

ROMANO, VILMAN.

ROMANO.

Soyez le bien-venu, mon bon ami, pardon
Mais ce meuble a besoin de mon attention.
Ce ne fut pas hier qu'il servit à Socrate ;
C'est de vous qu'il me vient vous en savez la date.
Eh ! bien donc ! quoi d'ancien ?

VILMAN (à part.)

Un service, de l'or !
Et si je veux, dit-il, encor et puis encor :
Je le verrai.

ROMANO.

Je meurs vraiment d'impatience,
Parlez donc, montrez donc ?

VILMAN.

Volume de science
Dont on vante partout et certe avec raison
L'antique profondeur et la collection,
Permettez qu'un ami, le dirai-je, un confrère
Vous offre ce cadeau digne d'un antiquaire.   (Il lui donne un portrait.)

(13)

ROMANO (ravi.).

Ah ! je le reconnais ! c'est lui, c'est diamant !!
Salut ! salut à toi vieux chien d'un vieux savant !
(A Vilman.)   (Au portrait.)
C'est par trop de bontés : ô chien de la Tamise,
Votre taille, vos traits, tout en vous m'électrise,
(A Vilman)   (Au portrait.)
Mais comment reconnaitre ? et dans mon cabinet
Je vais près de Newton placer votre portrait.

SCÈNE V.

—

VILMAN (seul.)

Après un tel cadeau notre fou va, j'espère,
Gagner argent comptant son brevet d'antiquaire.
Ma foi vive l'antique et du fripier voisin
Le drôle aura bientôt vidé le magasin.

SCÈNE VI.

—

ROMANO, VILMAN.

ROMANO.

Voyez, voyez, tout deux semblent se reconnaître,
Et ne dirait-on pas qu'il veut lécher son maître ?
Je n'oublierai jamais ce trait de votre part,
Oh ! mais j'aurai mon tour, mon ancien, tôt ou tard.

VILMAN.

J'ai fait un marché d'or qui va bien vous surprendre
Chez un savant défunt j'apprends qu'on faisait vendre.
J'y cours, on m'attendait ; car on connaît mes goûts :
On me flatte d'abord en me parlant de vous.
Mais le premier coup-d'œil m'abat et me consterne !
Des livres, mais sentant en diable le moderne !
Beaucoup d'auteurs vivans ; j'étais vraiment honteux
Et pour vous et pour moi de paraître en ces lieux.
J'allais me retirer ; dans la chambre voisine
On vendait à bas prix des fatras de cuisine,
Des meubles, des effets, et le peuple en rumeur
S'arrachait ces objets des mains de leur priseur.
D'abord je ne dis mot, témoin oriculaire
D'un air préoccupé je suivais cette enchère ;
Le peuple cependant content de ses achats
Avec un bruit confus sortait à petits pas ;
Et l'acquéreur foulé se frayait un passage
Avec l'objet vendu composant son bagage.

Tel avec sa pincette accroche mon habit,
Tel me froisse une côte avec son bois de lit.
J'entends soudain crier : une dent et l'histoire
Du juif dont le roi Jean dégarnit la mâchoire ;
Un écu. Je rougis et pâlis malgré moi !
Courage, me disais-je, elle est, elle est à toi.
Je propose cinq francs. A cinq francs. Le silence
M'annonce que je vais avoir la préférence.
A cinq francs. Un monsieur long, vieux, et maigre, et sec ;
En met dix ; j'en mets vingt pour lui clore le bec.
Il ajoute cinq francs et moi cinq qui font trente.
Je le couvre toujours, bref je l'ai pour cinquante !
La voici cette dent que pour le même prix
Je cède avec orgueil au roi des érudits.

ROMANO (prenant la dent et payant.)

Oui, c'est un marché d'or qu'il faut que je rembourse,
Cinquante francs, mon vieux, ils sont dans cette bourse ;
Mais établissons bien et l'histoire et le temps
Où parurent le juif et l'arracheur de dents.

VILMAN.

En voici les détails : le roi Jean, dit sans terre
Fils du roi Henry deux régnait en Angleterre,
En douze cent dix-huit, époque où son trésor
Etait en triste état, il lui fallait de l'or :
Nécessité fait loi. Dans une tour obscure
Un juif très-opulent fut mis sous la serrure.
Il faut que notre juif pour sortir de prison
Fournisse sur-le-champ une énorme rançon !
Passant de la demande à l'acte obligatoire
Sur un refus sir Jean entame la mâchoire ;
Mais notre juif tient bon. Chaque nouveau refus
Est une dent de moins pour le pauvre réclus.
Bref, le valeureux juif de sa noble ventouse
Avec force et courage en laisse arracher douze ;
Mais voulant conserver une dent pour la faim,
A ses affreux tourmens l'or demandé mit fin.
Le fait est évident, consacré dans l'histoire.

ROMANO (transporté.)

J'aurais mis cent louis dans toute la mâchoire !!
Vous n'avez rien de plus, esprit universel ?

VILMAN.

On m'a promis le clou que l'illustre Jahel
Femme d'un cinéen, juive d'origine,
Et que l'histoire peint en superbe héroïne,

Dans la tête d'un monstre appelé Sisara
Avec grâce et courage un beau jour enfonça!

ROMANO.

Cette acquisition, mon cher, est importante,
Et le clou de Jahel et me plait et me tente.

SCÈNE VII.

—

Les mêmes, SCÉVOLE.

SCÉVOLE.

On voudrait vous parler, monsieur Vilman?

VILMAN.

C'est bien.

ROMANO.

Mais qui donc vient troubler ainsi notre entretien?

SCÉVOLE.

Je l'ignore vraiment; on se dit émissaire
D'un ami de monsieur qui l'attend pour affaire.

VILMAN.

(A Romano.)
J'y cours. Probablement quelqu'antique bijou.....

ROMANO.

Hâte-toi, mon ami, peut–être bien le clou?....

SCÈNE VII.

—

(Toute cette scène doit être dite très-lentement.)

ROMANO, SCÉVOLE.

SCÉVOLE.

Il le faut avouer, Rome, la grande Rome,
N'eût pas vu sans orgueil chez elle un pareil homme!
Vilman, et vous, monsieur, triste jeu du hasard,
Pourquoi vivre aujourd'hui, pourquoi naître si tard!
Car vivre à ma façon ce n'est vraiment pas vivre!
Ce n'est rien! ah! monsieur! la vie est dans un livre!!

ROMANO (d'un air satisfait.)

Cher Scévole, combien ton cœur palpiterait
Si dans un livre un jour mon nom t'apparaissait!
Si tu voyais un jour dans un dictionnaire:
Romano..... Romano..... grand....., illustre antiquaire!!!

SCÉVOLE.

Nom, demeure, prénoms, votre taille, vos traits,
Date de la naissance, et date du décès.....

ROMANO (d'un air plus satisfait.)

Le nom des érudits près de moi que j'appelle.

SCÉVOLE.

Peut-être aussi le nom d'un serviteur fidèle.

ROMANO.

Molière et Laforest, tout comme l'on dira ,
Garde-toi d'en douter ; Romano , Scévola !
Qui , de graves auteurs en style pathétique ,
Mon ami , grâce à moi feront ton historique.
Oui , de ce que tu dis certes dès-à-présent
On prend note déjà le plus exactement.
Aussi pour éviter de fâcheuses méprises ,
Scévole , garde-toi de dire des bêtises....
Relis l'histoire ancienne , assaisonne toujours
De quelque mot piquant tes plus simples discours ;
Vient-on te consulter sur telle ou telle affaire ,
Dis bien ce qu'auraient dit Virgile , Horace , Hom

SCÉVOLE.

Mais si pourtant Suzon me demandait mon goût ,
Pour faire , pour servir , quelque nouveau ragoût.

ROMANO (embarrassé.)

Alors.... on.... lui répond....

SCÉVOLE.

Ah ! monsieur , je devin
On répond à Suzon du latin de cuisine.

SCÈNE VIII.
—

Les mêmes , FOLVILLE.

FOLVILLE.

(Bas à Scévole.)   (Haut.)
Il est à nous. Mon oncle , un fripon vous trahit ,
Et vous vole et vous pille ; et cent fois je l'ai dit.
Ce fripon , c'est Vilman...

ROMANO (vivement.)

C'est une calomnie ;
De tenir ces propos gardez-vous , je vous prie.
Vilman est mon ami , que j'estime beaucoup ,
Qui me plait , me convient , bref l'homme de mon g
Vouloir l'injurier c'est me faire l'injure ;
Des traits lancés sur lui je reçois la blessure :
C'est vous en dire assez.

FOLVILLE.

Mon oncle , je gémis
De voir vos sentimens à ce point compromis.
Daignez un seul instant avec calme m'entendre
Et vous aller juger si j'ai pu me méprendre ;
Ce n'est plus un oui-dire , un propos, un dicton :
C'est un fait ; en un mot , notre homme en action.

ROMANO.

Voilà bien des façons pour dire une sottise :
Voyons , voyons , monsieur, cette action promise ;
Pas d'injure surtout , et parlez sagement ,
De préambule point , au fait....

FOLVILLE.

                Vilman m'attend
Et , sous les traits d'un noir , d'origine africaine
Il vient vous proposer.... l'onguent miton-mitaine :
Exploitant votre goût , effronté rançonneur ,
Il vient tirer parti d'une trop faible erreur.
Le fait est-il parlant ?

ROMANO.

          Oui , mais est-il croyable ?
J'y vois tout simplement l'invention du diable !

FOLVILLE.

N'y point croire, c'est bien ; mais quand vous aurez vu ,
Vu , là tout près de vous, serez-vous convaincu ?

ROMANO·

Quand j'aurai... quand j'aurai... mais il faut voir, vous dis-je,
Et voilà justement le grand point en litige.

FOLVILLE

Ça ne sera pas long , du moins contraignez-vous
Et n'allez pas soudain par un trop prompt courroux
Arrêter tout–à-coup la moitié de la pièce ;
Jouissez jusqu'au bout de sa scélératesse.

ROMANO.

C'est bon , c'est bon ; allez , je ferai dans ce cas
Comme je l'entendrai , soyez sans embarras.

FOLVILLE.

Du calme , du sang-froid....

ROMANO.

            Je puis vous en répondre ;
Mais allez donc , j'ai hâte enfin de vous confondre.

SCÈNE IX.

—

ROMANO , SCÉVOLE.

ROMANO.

Scévole ; qu'en dit-tu ?

SCÉVOLE.

Je dis.... je ne dis rien ,
Et le fait à lui seul , je crois , parlera bien.

ROMANO (s'asseyant.)

C'est un vrai guet-apens ! la ruse se devine :
Sous les traits de Vilman un autre, j'imagine ,
Avec beaucoup d'adresse , empruntant à la fois
Ses manières , son geste et le son de sa voix ,
Va venir me prouver qu'il est Vilman lui-même !
L'histoire nous fournit maint et maint stratagême
Bien plus adroit encor ; mais à d'autres vraiment :
On connaît son Ovide et c'est bien suffisant.
Je n'y vois donc au plus qu'une farce bien fade ,
Un jeu d'esprit sans sel , bref une mascarade ,
Et , loin de m'irriter contre vous , mon neveu ,
Je prétends vous railler et m'amuser un peu.
On vient , tenons-nous bien , le spectale commence ,
Laissons-les s'enfoncer; Scévole, du silence?

SCENE X.

—

Les mêmes , FOLVILLE , VILMAN ,

(En costume d'Africain; il s'est noirci la figure et les mains; il porte une armure et une sandale.)

FOLVILLE.

Mon oncle , le voici cet africain fameux
Venu nouvellement de ces classiques lieux ,
De ces lieux renommés par de si vastes plaines
Glorieuses jadis aux phalanges romaines.
De mille antiquités il tient collection
Et vient vous en offrir un faible échantillon
A des prix modérés.

VILMAN.

Oui , votre nom illustre
En Afrique , seigneur , brille du plus beau lustre.
Vous avez , je le sais , des objets merveilleux....
Aussi vieux que le monde on dit même plus vieux.
Donnant à ces objets des mérites semblables
J'ai fait pour les trouver des travaux innombrables....

Et, sachant votre esprit, vos goûts, votre savoir.
Je viens vous en offrir qu'il vous plaira d'avoir.
Voici de Scipion l'armure si fatale.....
Et ce qui passe encor..... sa modeste sandale.....
A d'autres moins savans, beaucoup moins érudits
Je vends... à vous je cède... à combien ?... dix louis.
(Il présente ces objets à Romano qui les prend et se lève.)
ROMANO (à Scévole qui l'arrête.)

C'est vraiment par trop fort... car c'est bien lui... j'éclate...
Dix louis... tiens, fripon, tiens voilà ta savate. (Il lui jette la
sandale au nez.)
Me jouer de la sorte... ah ! fuis de ma maison
Ou je te romps les os avec ton Scipion.   (Il le menace de la lance.)

VILMAN.

Seigneur....

ROMANO (le poussant dehors.)
Sors donc.... sors donc....   (Vilman sort.)

SCÈNE XI.

—

ROMANO, FOLVILLE, SCÉVOLE.

SCÉVOLE.

Mon oncle....

(Ici Romano, après avoir chassé Vilman, se jette dans son fauteuil, qui se brise et le renverse.)
SCÉVOLE.

Sort funeste !
Du plus grand des fauteuils voilà ce qui nous reste.

FOLVILLE (le relevant.)

Mon oncle, souffrez-vous ?

ROMANO.

Laissez-moi... quelle horreur...
Me trahir dans mes goûts, mes plaisirs, mon honneur...
Dans mes affections... je suis d'une colère...

FOLVILLE.

De grâce, calmez-vous, nous vous lirons Homère,
Horace, Cicéron, et quant à ces joujoux
Au feu... car c'est vraiment trop indigne de vous.

ROMANO (plus calme.)

Tu prends pitié de moi, bien, je t'en remercie ;
Car cet homme, vois-tu, désenchante ma vie...
(Il aperçoit les débris du fauteuil.)
Le fauteuil de Socrate en cet état affreux !!!
Hâte-toi d'assembler ces restes glorieux !!

Que dis-je ? c'est encor un produit de cet homme....
Où donc est-il ? il faut , il faut , que je l'assomme....

FOLVILLE.

Venez vous reposer , mon oncle , et dès demain ,
Nous verrons si l'on doit poursuivre ce coquin.   (Ils sortent)

SCÈNE XII ET DERNIÈRE.

—

SCÉVOLE , seul.

Moi , je ferai d'abord , et c'est ma foi justice
De tous ces oripeaux un beau feu d'artifice !!

BIBLIOTHÈQUE ROYALE

FIN.

www.ingramcontent.com/pod-product-compliance
Lightning Source LLC
LaVergne TN
LVHW021745030726
842523LV00003B/921